별빛은 강물 되어

별빛은 강물 되어

한영호 첫 시집

대양미디어

머리말

　문학을 좋아하게 된 시기는 고교 때부터였는데 그동안 관심은 있었지만 본격적으로 시작한 것은 직장 동료의 권유로 모닥불문학회에 입회하고 서울문학에 〈시〉로 등단하면서 그동안 준비해 둔 글을 모아 만물이 소생하고 꽃피며 새가 우는 4월에 첫 시집을 내게 되었습니다.

　시집을 세상 밖으로 내놓게 되니 설렘과 기쁨으로 매우 행복한 마음입니다.

　창밖에는 모처럼 단비가 내려 그동안 감추어 두었던 대지의 모든 생물이 한 둘씩 제 모습의 색깔을 나타내고 푸른빛이 감도는 벌판과 들꽃이 피는 세상이 되었습니다.

　이처럼 자연은 모든 생물에게 저마다 사는 모습으로 아름다움과 감동을 줍니다. 제게도 이런 대자연에 대한 경이로움과 사람들의 삶에 대한 그리움을 찾아 떠나고 싶은 생각에 '시의 나그네'가 되게 하였습니다.

　특히, 4월은 나에게 인연이 많은 달입니다.

　아름다운 여인을 만나 결혼을 하였고, 시인으로 등단도 4월이었으며, 나의 첫 시집도 개나리·벚꽃·목련꽃이 흐드러지게 피는 계절이니…… 내게는 일 년 중 4월을 가장 좋아하는 달이 되었습니다.

　책을 내면서 감사해야 할 분들이 생각납니다. 저에게 많은 성원과 격려를 해주신 고향의 어르신과 친척, 지인, 친구들, 이광재 시인님과 해설을 해주신 (사)한국문인협회 김송배 부이사장님 그리고 모든 은인을 기억하며 예쁘게 책으로 만들어주신 대양미디어 임직원님께 진심으로 감사드립니다.

　곁에서 묵묵히 헌신해준 아내와 아들 승범에게 사랑한다는 말을 전합니다.

2013년 4월

봄비 내리는 창가에서

지은이 씀

| 차 례 |

1

별처럼
행복하게

2

계절에
그리는 마음

3

남도
가는 길

4

당신은
사랑입니다

1

별처럼 행복하게

도라지 꽃

도라지 꽃 하얀색
순백한 가슴 더벅머리 총각
바람이 도라지 밭 물결 넘으면
포근한 얼굴로 씽긋 웃는다
외로운 산골 홀로 살다가
하얀 별들 어둠 타고 내려오면
밤새도록 도라지 꽃 친구가 되어
도란도란 사랑을 속삭입니다

도라지 꽃 보라색
마음씨 고운 수줍은 아가씨
벌 나비들 밭에서 너울거리면
가슴이 두근거려 마음 설렌다
달 밝은 밤에 살며시 온다는
천둥에 무너진 길 내 임은 오지 않고
기다리다 지쳐서 흐르는 눈물은
보라색 강물이 바다 되었네.

사랑은 진실

다시는 사랑을
않기로 다짐했는데
시간이 지나면 지나갈수록
마음이 약해진다

사랑은 바람 되어
살며시 내 곁을 왔다가
연기처럼 사라지고
나그네처럼 떠나가면
내 마음이 자꾸만 흔들린다

하지만
진실한 사랑은
변함없는 사진처럼 내 가슴속에
영원히 간직할 진실한 사랑이
나는 좋다.

갈대가 있는 바닷가

갈대 있는 바닷가
새들이 모여들고
해지는 저녁노을 바라보니
하늘이 아름답다
갯벌 사이로 펼쳐진 함초 군락지
철새들 부지런히 먹이 찾는다
갈대 머리 하늘거리는 바닷가
쉼 없이 들려오는 파도소리.

무궁화

무궁화 꽃이 피었네

모진 비바람을 이겨내며
핀 꽃송이는 곱기도 하다

꿋꿋한 열정으로 맺은 꽃이여
향기는 그 어느 꽃에 비기며

투박한 그 자태의 매력은
해맑은 마음의 순수함이다

네가 있기에
내가 있고

우리 모두의 얼이 있기에
그 사랑은 끝이 없어라

민족의 맥을 이어온 우리의 자랑
그 마음 그 믿음 영원히 빛나리라.

달빛

오늘 밤 높이 떠있는
저 달 빛깔이 아름답다
옅은 푸름과 우윳빛 부드러움에
넉넉함이 흐른다
내 마음도 자꾸 끌려드는데
밤을 좋아하는
뭇 벌레와 꽃들은 어떠하랴
달빛이 떠 있는 멋있는 풍경에
실바람 타고 넘어오는 숲 속에서는

어느덧
새들이 끼~욱 쨋쨋 친구 부르고
풀 섶에는 벌레들 노래가 한창이다
찌~이 찍 찍 스르르 맴~엠 맴
베짱이, 여치, 풀무치, 매미
그리고 밤새들의 합창
이름 모를 벌레들의 향연에
나도 살며시 풀 섶에 발을 내밀어
귀 기울이며 감상했다
달빛의 아름다운 무대에
자연의 합창은 너무나 황홀하다.

메밀꽃

가느다란 꽃대 위에 핀
수수하고 정갈한 하얀 꽃

가을바람이 머물고 간 자리에는
쌀 톨만 한
흰 꽃으로 바다가 되었다

이슬을 먹고 자란 메밀꽃은
유난히 벌 나비를 좋아했지

달빛에 비친 너의 모습이
작은 반딧불 되어
고운 임 오시기를 기다리며

외로울 때
별을 보며 노래 부르고

그리울 때
달을 보며 편지를 썼었지

송이송이 작은 꽃이
사랑의 열매되어
까만 씨앗을 남겼다.

별 이야기

까맣게 물들인 어두운 밤에
하늘에 별들이 반짝거려요

노란 별 파란 별 하얀 별이
소곤소곤 이야기 합니다

저 별은 나의 별
저 별은 너의 별

신비롭고 아름다운 밤하늘에
별들이 잔치를 합니다.

비 갠 날 오후

비 갠 날 오후
몇 시간 사이에
몰라보게 달라진 세상

냇가의 물고기도 제 세상을 만나고
하늘의 새들도 춤추듯이 나르며
회색빛 비둘기도 새 옷을 입었다

참 놀라워라, 자연의 신비
목마른 대지를 촉촉이 적셔주어
지금은 비가 개어 하늘엔 찬란한 햇빛이
무지개처럼 빛났다.

가로등

햇불 대신
장승처럼 서서
한저녁을 불 밝히는 가로등
홀로 서 있으면 외롭지만
사열하듯 줄 서 있으면 어깨가 으쓱하다

나풀거리는
불꽃이 아니어도
나에겐 열정 하나로 산다

긴 긴 밤 비바람에
추위와 지세 울 때는
신세타령을 하다가도
초롱초롱 영롱한 밤하늘의 별을 보고
때가 되면 저절로 커졌다가
작아지는 신비의 달을 보는 즐거움으로 산다.

뻐꾹새

명창이로다
목소리가 매우 예뻐
모두 따라 부른다
뻐꾹, 써~뻐꾹 뻐꾹
새는
슬퍼서 우는지
기뻐서 웃는지 알 수 없지만
언제 들어도 반갑고 기분 좋은
새 중에서 으뜸인 너의 목소리.

별빛은 강물 되어

사방이 고요한 밤하늘
무수히 쏟아지는 은하수들이
강이 되어 흐른다

어디서 시작하여
어디로 가는지 알 수 없지만
강물은 쉼 없이 흐르고 있다

사랑하면 별빛도
더 아름답게 보인다더니
오늘처럼 곱게 떠 있는
별들을 바라보면

어찌 미워했던 사람도
사랑하지 않을 수 있으랴
수많은 별만큼이나
기쁨도 슬픔도 있지만

지금까지 살아온 날보다
내일의 삶 속에서

더 많은 행복을 위해

서로 어우러져 흐르는
저 별들처럼
희망의 고운 꿈을 꾸며
사랑하며 살자.

붕어빵

빵 틀에서 갓
구워 태어난 이란성 다섯 쌍둥이

마음도 모양처럼 똑같을까
사람은 성격과 재능이 다른데
붕어빵도 그런지 모르겠네

언제 보아도 늘 싱글벙글 이고
따뜻한 체온에서 김이 모락모락 난다
상냥한 아줌마도 붕어빵을 닮았는지
웃는 모습이 포근하고 따뜻하다

오늘처럼 추운 날에는
호호 불어가며 나누어 먹는 붕어빵
맛과 이야기는 또 하나 덤이다.

러브레터

사랑의 편지에 향기를 담았어요

몇 번을 망설인 끝에

분홍빛 꽃잎을 따서

당신을 사랑하는 마음으로

가슴에 남김없이 편지를 썼어요

빗소리 들리면 쓸쓸한 소식 올까 봐

화창한 날 보냈어요.

제비집

작은 몸짓 날렵한 모양
맵시 있게 잘 지은 토담집

한 입 한입 또 한입
수천 번 동그랗게 흙을 개어
부럽도록 아담하게 지은 집

그림 같은 한적한 마을
흥부처럼 마음씨 좋은 사람들 틈에
제비가 집 짓고 살고 있다.

낮 잠

사월
쉬는 날 오후
일주일 동안 지친 몸을
늘어지게 한잠 자고 나니
날아갈 듯 가뿐하다
봄날 햇살은
잠재우는 마술사
낮잠이 보약이라는 걸
기지개 켜니
느낌이 온다.

뷔페 식단

온갖 산해진미 다 갖추어져 있어도
자기가 좋아하는 것만 골라 먹는다
사람의 삶도 뷔페 식단처럼
이런저런 생활들이 다양하네
너와 내가 사는 방식이 다를 진데
기죽거나 우쭐댈 일도 없다
남의 눈치 보며 사니까 초라한 것이지
뷔페 식단 골라 먹듯
내가 좋아서 사는 삶이라면
잘 먹었다고 만족하며 사는 게
으뜸 아닌가.

단풍잎 편지

공원에 살포시 떨어진 단풍잎
제일 예쁜 잎 하나 주어
사랑하는 임에게 편지를 쓴다

잘 익은 능금처럼
예쁘게 하트를 그려놓고
무얼 쓸까 씨름하며 생각하다가

내가 제일 좋아했던 말

사랑
진실
우정의 세 글자.

해넘이

땅거미가 몰려온다

거대한 땅거미이다

점점 빠르게

빛을 잡아가더니

곧,

먹물처럼 까만

어둠 속으로 사라졌다.

외국어

십여 년을 배워도
말문이 트이지 않고
언어장애인이기는 마찬가지다

왜 그렇게 어려운지
왜 그렇게 안 되는지
도무지 늘지를 않는다

아기가 옹알이로 말을 배우듯
옹알이가 부족해서 그랬나

말 배우는 데는
오랫동안 꾸준히
많은 옹알이가 중요한 일이다.

외롭다면 사랑을 하자

누군가 내 옆에 있어서 행복하다면
그건 사랑이 있다는 거다

사랑은 말없이 행복을 전해주는 바이러스
세상을 살다 보면 괴롭고 힘든 건
어찌 나 혼자뿐이랴

나무는 외롭고 힘들 땐
생명의 잎마저 버리며
혹독한 절식으로 모진 추위를 견디어 낸다

우리 인생도
누구나 있었던 화려한 시절이 지난 후
모든 걸 내려놓았을 때, 쓸쓸함이 더해지면

참기 어려운 고통이지만
가까이 다가와 손을 잡아 준다면
그 온기로 따뜻한 위로에 힘이 생긴다

외롭다면 사랑을 하자

사랑의 온도는 태양太陽보다 강렬한 것

그 안에 너와 나
모든 일을 녹여주는 희망의 용광로다.

2

계절에 그리는 마음

목련꽃을 보노라면

올봄에도 피어 있는
목련꽃을 보노라면
갠 실이 나도 모르게
눈물이 흐르네

꽃을 보시면 좋아하시던
어머니가 그리워
오늘따라 더욱더
생각이 납니다

따뜻한 봄날
어머니 즐겨 부르는
노랫소리는
새소리
바람 소리
메아리 되어 들려오고

어머니 그 모습은
한 아름 꽃이 되어
피어난 목련 꽃.

가을의 사랑

가을의 햇살에
모든 것들이 익어간다

토실토실한 알밤이며
담장의 감들이 정겹다

가을바람은
자연의 노래이며

희망을 부르는
풍성함의 선물이어라!

논두렁 벼 사이로
메뚜기 떼 모여들면

산골짜기 수수도
까맣게 물들었다

잠자리 날개 짓 사이로
하늘은 높아지고

가을의 아름다움에
행복이 살찌우며

우리의 사랑도
빨간 사과가 되었다.

늦가을 공원에서

늦가을 저녁의 공원길
수은등 불빛 따라 걸으면
꼭, 외로운 기러기 같다

자연의 이치는
만남과 이별이지만
떨어지는 낙엽의 헤어짐은
더 슬퍼 보인다

아무도 없는
외롭고 쓸쓸한 밤에
죽어가는 영혼을 생각하면 가슴이 아리다

어느덧 수북이
쌓인 낙엽을 밟으며 저물어가는 가을을
아쉬워하며 슬픔을 남몰래 내려놓는다.

목련 · 1

양지바른 뜰 앞에
목련꽃이 피어 있네

방긋 웃는 아기처럼
아름답게 피어 있네

아침이슬 머금고
햇살에 반짝거려요

부드러운 봄바람에
꽃잎도 춤을 추어요

목련- 수줍은 너의 모습은
아름다운 사랑이야기

청순한 소녀 같은 너의 마음을
영원히 간직하고 싶어요.

목련·2

지난해도 지금쯤
목련꽃이 피었지요

옛 생각이 그리워서
다시 찾아왔어요

그리움은 언제나
마음의 고향이지요

푸른 꿈을 가득 안고
별들처럼 살아갑니다

목련- 너의 노래는
아름다운 사랑의 이야기

꿈 많은 소녀 같은 너의 마음을
영원히 기억하고 싶어요.

바다의 풍경

갯바람이 불어온다
파도가 밀려온다
추억을 가득 담은
사랑도 밀려온다
옹기종기 모여 앉으니
밤바람 파도소리
등대불빛 정다움에
웃음소리 가득하다
별만큼 많은 이야기가
바다는 꿈과 사랑을 만들고
사람은 행복의 무지개 되어
바다와 모두 하나가 되었다.

라일락 꽃향기에 젖어

얼마나 오랜 세월이었나
그 추웠던 나날들

꽃피고 새가 우는 봄날을
너무나 기다렸었지

잠시 잊어버렸던
너의 모습을

다시 보면서
반가운 마음이야
이제는 무슨 말이 있으랴

내가 너를 좋아하는 것은
순수함 그대로 일 거야

어디 있든지
늘 향기로운
너의 작은 얼굴의 미소 속에
송이송이 피어난

너의 마음은
연보라빛 사랑이어라

바람결에 불어오는
너의 향기에
나는 잠이 들었네.

고요한 밤이면

고요한 밤이면
무작정 거리를 거닐고 싶다

하늘에는 별들이
총총 빛나고
달빛은 애잔해지면
떠오르는 사람이 생각난다

내가
사랑했던 사람
이별의 아픈 상처가 되살아나
마음이 울적해진다

이런저런 생각을 하다
말없이 떠있는 별들을 바라보며

희미해져 가는
옛 기억마저 지우려
가로등을 벗 삼아 하염없이 걷는다.

내 마음의 봄

입춘이 지났어도
밖에는 매서운 바람이 불어도
내 마음속에
봄이 왔으면 좋겠어

봄은
곱상한 샌님이기에
보슬비 오면 살며시 오고
살랑거리는 바람 따라온다

담장 밑의
새싹 따라와 슬그머니 오고
문틈으로 햇볕 들어오듯이
쫑긋이 귀 기울이며 온다

봄은
오감을 자극한 내 마음에
봄이 왔으면 좋겠네.

허수아비

오곡이 경쟁하며
익어가는 들판
허수아비 말없이 여기저기 서 있다

어느 것은
무섭고 익살스럽고
모양도 가지가지 표정도 제각각이네

참새는 어떤
모습을 무서워할까
들판 위 날던 잠자리 재밌어하네

그사이 참새 떼
이리저리 살피며 날다
맘씨 좋은 허수아비 옆에서 배 채우려는데

바람 불어와
숨겨둔 깡통 소리에
흠칫 놀라 달아나는 참새들 잡힐까 봐 도망간다.

봄바람

봄이 오네
어느새 봄이 왔네

보슬보슬 가랑비 놀자고 오면
살랑살랑 바람 타고 살며시 왔네

노랑, 하얀, 분홍
화사한 꽃이 피면

냉이, 달래, 쑥
파릇한 나물도 왔네

봄바람에 온몸이 두근거리면
아이들 마음을 들뜨게 하네.

코스모스

길옆에 서 있는
코스모스 아름답다
살랑거리는
가을바람에 흔들리는
가느다란 허리로
춤을 추는 소녀여
언제 보아도 매력이 넘쳐
맑은 영혼을 가진 너는
하늘에서 내려온 선녀 같다.

여름날 밤

토요일 여름날 밤에
하늘에는 별들이 보이네

수많은 눈빛처럼
별들이 반짝거린다

구름이 흘러갈 때면
별들은 보이지 않고

다시, 또 안 보일까 봐
가슴이 두근거린다

별—아

내 이름은 뭐니?
어디서 살고 있었니?

풀벌레 울음소리에
여름밤은 깊어만 간다.

봄이 오는 소리

봄이 오는 소리
노란 옷 곱게 입고
살며시, 내게로 오면
아침 안개 머금고
살포시 얼굴 내밀어
새싹과 함께 왔어요

봄소식 가득 담아서
나비와 친구 되어
살랑살랑 봄바람에
사랑과 꿈을 싣고
꽃이 되어 왔지요.

무지개

하늘과 땅에 다리를 놓았다
일곱 색깔 고운 빛으로
영롱하고 아름다운 모습인
하늘의 선녀를 맞으러
대지의 총각이
무지개 타고 장가를 간다.

장미꽃 거리에서

어제도 걸었던 이 거리
장미꽃 피어서
산들바람 불어와
꽃향기 가득하다

미움, 사랑, 슬픔도
모두 다 생각이 나네그려

이제는 모두를 사랑하렵니다
아름다운 계절 장미꽃처럼
그대와 사랑을 나누고 싶소.

가을의 사색

가을이 깊어가네
소리 없이 가는 가을
뒤돌아 볼 시간도 없이
어느덧 저만치 가고 있네
낙엽과 함께
가는 아쉬움을 지켜보니
내게 오는 쓸쓸함이
더욱더 가슴에 아려오네.

봄비

보슬보슬 봄비가 옵니다
소리 없이 봄비가 옵니다

연못 위에도 잔디밭에도
살금살금 바람을 타고 옵니다

온종일 쉬지 않고 내리는 비
옷자락을 촉촉이 적셔줍니다.

가을밤

1〉
귀뚜라미 울음소리 달 밝은 가을밤
찬이슬 내리는데 어디서 울고 있나요
아기를 잠재우는 어머니의 자장가 노래
흰 구름 흘러가고 가을밤은 깊어 간다

2〉
나뭇잎이 한잎 두잎 떨어지는 가을밤
고요한 밤하늘에 별빛만 반짝거린다
희미한 불빛 속에 어머니의 자장가 노래
이름 모를 별들이 밤하늘을 수놓는다.

봄나들이

봄볕이 너무도 아름다워서
동구 밖 들길을 걸으니

남녘에서 불어오는 바람은
봄 향기로 가득하네

높고 낮은 언덕배기는
새싹들이 돋아나오고

저 멀리 강변에는
아지랑이 피어오른다

친구야, 나오너라
봄나들이 함께 가 보자

아이들아, 나오너라
봄나물을 함께 캐보자.

3

남도 가는 길

고향

내 고향은 시골
기차를 타고
남쪽으로 쭉 내려가면 평야가 드넓은 곳

계절마다 바둑판들에
총천연색으로 물감을 뿌린 듯 한없이 아름다운 고장이지요

남쪽에서 불어오는
바람만 쐬어도 향기가 나는 것 같고
어쩐지 좋은 기별이 올 것만 같은 곳

자다가도
고향 이야기만 나오면
벌떡 일어나는 나의 영혼이 담긴 곳

언제 보아도
언제 들어도 좋기만 한 내 고향은 정읍입니다.

남도 가는 길

비 온 끝에 봄 풍경을 보려고
남도로 길을 나섰다

자동차로 몇 시간을 와보니
주변엔 나물들이 널려 있고

온갖 꽃들이 피기 시작하여
이곳저곳에 화사한 꽃들로
온 동네가 무릉도원이다

봄 경치는
역시 남도가 으뜸이지

파란 보리며 유채꽃이
들판에 수를 놓으면
더 꾸밀 게 없는 장관이다

자운영 꽃이 피고 종달새 울면
더욱 무르익은 봄이 되었지!

정읍사井邑詞

해지는 저녁이면
동구 밖 어귀로 나와
남편이 오시길 기다립니다
칭얼대는 아이를 안고
애타게 남편을 기다리는 마음
얼마쯤 지났을까
어스름한 어둠을 헤치고
저만치서 희미한 모습의
사랑하는 그이가 보이면
만남의 기쁨이 행복의 웃음이 되어
고요한 달빛에 어우러진다

어기야 어강드리

아으 다롱디리

희미한 등불도 춤추며 맞이하네.

'대한민국'이 좋아요

우리가 이 세상에 태어난 곳
아름다운 우리나라
사계절 금수강산 나의 조국 대한민국
오고 가는 거리마다 아름답게 꽃이 피고
활기찬 젊음 속에 웃음꽃이 피어난다

사랑해요, 나의 조국 빛이 되라 대한민국
마음 모아 슬기 모아 힘차게 달려보자
가슴이 터져온다, 대한민국이 나는 좋아요

어디를 가나 산과 들이 있고
바다 강물이 넘실댄다
동에서 서쪽까지 아름다운 우리나라
봄바람은 꽃향기 되고 여름에는 산들바람
하늘은 무지개 뜨고 산과 들은 초록 세상

용솟음치는 고동 속에 흥겹게 노래하며
꿈과 용기 가득 담아 세계로 달려가자
가슴이 시리도록 대한민국이 나는 좋아요

우리는 한 핏줄 단군의 자손
사랑하는 우리나라
아침 고운 햇살 온 누리 비치고
어느 곳 어디서나 정이 넘치네
저녁의 금빛 노을 서산에 은은할 때

남쪽에 핀 무궁화 북쪽에 핀 들국화
송이송이 아롱다롱 곱고 고운 꽃동산
동방의 빛이 되자 대한민국이 나는 좋아요.

동죽서원東竹書院*

재 넘어 동쪽 산자락 감싸 안은 자리
아담하고 소박한 동죽서원이 있다

뜰 앞 들녘 사이 조그마한 저수지 하나
산새가 둥지를 틀고 들짐승 머무는 곳에
사백여 년 전 조상의 숨결이 서려 있다

옛 시절, 이 자리
글 읽는 학동의 소리가 귓전에 맴돌고
발랄한 그 모습이 눈에 선하다

고고한 학문의 도량이었던 한적한 집터
솔바람과 산죽山竹 소리는 옛 모습 그대로이고

꼿꼿한 선비의 기개는 대나무와 함께하니
동죽 서원 가르침은 영원히 이어지네.

---

* 정읍시 덕천면에 있는 서원.

고향의 시계

고향의 시계는 9시 15분이다
타향살이에 지친 몸으로
고향을 찾아가면
두 팔을 벌리고 나를 반긴다

고향은
외롭고 쓸쓸하고 힘들어할 때
위로해 주고 용기를 주며
포근한 마음으로 감싸주는 곳
언제나 변함없는 나의 고향.

가지

햇살이 좋아서
검게 타버린 얼굴
무엇을 먹었기에
그리도 날씬할까

바람같이
부드러운 고운 피부
미끈한 몸매가
눈부시게 아름답다

때로는
마음 상한 일 있어도
귀여운 보라색 꽃 얼굴로

씽긋 웃어주며
속이 깊고
수줍음 많은 마음씨 하얀 아가씨

늘 보아도 수수하며
꾸밈없는 당당한 그 모습이
나는 네가 좋다.

꽁보리밥

어릴 때 먹었던 꽁보리밥
무 된장국
어머니
"애들아! 밥 먹어라"
하시면 우르르 몰려와
게 눈 감추듯 한 그릇 비웠다
밥은 까맣고 반찬은 없지만
지금 생각하면
그때가 진수성찬이다
여름이면 꽁보리밥 무 된장국

그 시절이 그립다.

고구마

점심때 아내가
삶아 가져온 붉은 색깔
토실토실한 고구마 소반에서
김이 모락모락 피어오른다

올해는 비가
유난히 많이 왔는데
어떻게 자랐는지 참 예쁘기도 하다

텔레비전 보면서
고구마를 먹으니 지나온 내 추억
시골의 아름다운 풍경들이 주마등처럼 스쳐 간다

농부의 정성 어린 마음의 고구마
집안이 향기로 가득하다

빛깔 좋은
보실 포실한 고구마
밤같이 달고 맛이 좋았다.

소牛시장

어둠 헤치고
트럭을 타고 모여든 소들
겁먹은 얼굴로
커다란 눈에서 눈물이 흐른다

엄마 품 떠난 송아지
슬퍼서 울고
어미 소 입에 거품 내 물며
소리 내어 울고 있다

소들도
내일의 운명을 알기 때문일까?
주인은 서운해서 눈물 흘리고
소들은 슬퍼서 울고

왁자지껄한 소시장
사람과 소들로
눈물바다가 되었다.

두승산斗升山*

넓은 들판 주위에 우뚝 선
키 크고 수려한 네 봉우리

신선이 만들어 놓은
말斗과 되升는 어디로 갔을까?

비구니 스님의 낭랑한 염불 소리에
부처님께 기도하는 할머니 마음

수백 년 풍상을 견디어온 느티나무
옆에는 호랑이 한 마리 서 있네

신선이 놀았다는 유선사遊仙寺
오늘은 안갯속에 묻혀있구나

갖가지 전설과 신비로운 이곳을
되돌아가는 발걸음 아쉬워서

오랫동안
기억 속에 남기고 싶다.

───────────────

* 정읍시에 소재한 해발 444m 산.

다보탑

아!
어쩌면 저토록 수려하고 정교한지 감탄스럽네

눈, 코, 입, 귀는 없지만
선녀가 내려온 것 같구나

아마
석수장이 딸의 모습일 거야

조각이 아니라
보면 볼수록 그림같이 아름다워라

사랑하는 아내
토끼 같은 자식을 그리워하며

저 탑을 만들기 위해
얼마나 긴 세월을 기다려왔나

부처님께 소원을 빌며
지극한 정성으로 드리는 기도가

이 땅에서
으뜸인 탑이 되었네.

석가탑

천여 년 전 돌에 숨을 불어넣어
나라와 백성을 지켜주는 수호신이다
누가 돌을 거칠고 차갑다 했나
저토록 부드럽고 수수한 것을
삼베처럼 거칠어 촌티나 보여도
보면 볼수록 정감이 있고 포근하구나
수만 번 기도와 땀방울로
지혜의 뜻을 모은 걸작품이네
토함산 불국사 부처님의 자비로
민족의 얼이 살아 숨 쉬는
혼 불이어라.

보리

보릿고개 시절
풋보리 구워 먹으며
숯 검댕이 된 얼굴 마주 보고
웃고 장난치던 시절이 좋았다

친구들과 보리피리 불며
해가 저물도록 들판에서 놀았지

언제나 정겨운 초록 벌판은
내 마음도 어느새
보리밭 길 걸으면 푸르러진다.

전봉준 고택*에서

단아한 초가집
넓지 않은 마당

근엄하지만
인자한 선비가 살았던 집

동네 입구에 자리한 우물터는
정겨웠던 옛 모습이 떠오른다

아늑하고 평화로운
확 트인 배들 평야

지근至近 거리의 말목 장터는
순박한 백성의 삶이 어우러지는 곳

1894 갑오년
새 세상의 함성이 울렸던 날

꼿꼿한 선비의 기개가 살아있는
이곳에 와보니 가슴이 끓어 오르고

역사의 숨결이

살아 숨 쉬는 자랑스러운 조소리*.

---

* 정읍시 이평면 장내리 소재.
* 조소리 : 전봉준 고택이 있는 마을이름.

정읍 아름다워라

1〉
정읍사의 노랫가락 은은히 들려올 제
옛 시절 그 추억이 정겹고 감미롭다

산봉우리 이름 따라 흥겹게 넘어가면
설레는 마음들이 메아리로 울려온다

하늘 아래 비선 나무 풍경을 보면
연꽃 핀 정자 못엔 햇살이 뜬다

사계절 내장산은 눈길마다 아름다워라
단풍 숲길 걸어가면 행복의 나래 편다

언제나 보고 싶어라, 신비로운 내장산을
영원히 노래하리라 수려한 정읍 내장산

2〉
동학혁명 황토현의 새벽이 열리는 날
새 시대 꿈꾸었던 아픔이 자랑스럽다

선인 얼의 발길 따라 역사를 새겨보며
젊음의 함성들이 힘차게 용솟음친다

석굴 앞에 돌을 쌓아 소원을 빌면
갓 바위* 산성 위엔 무지개 뜨고

길 따라가는 곳마다 웃음꽃 피우는
황금 들녘 서산에는 노을이 진다

사계절 어디 가나 발길마다 절경이어라
구절초 꽃길 따라 추억을 만들어 보자

언제나 가고 싶어라, 그림 같은 강산을
정-읍 아름다워라 정읍을 사랑 합니다.

---

* 갓 바위 : 정읍시 입암면과 전남 장성군과 경계선에 있는 입암(쑾岩)산성.

구름산*

산길 따라 구름산 오르니
하늘에도 구름으로 수채화였네

237미터 높지도 크기도 않은
아기자기 올망졸망 아름답구나

돌부리 이리저리 피해 다니며
눈물고개 넘어가면 숨이 막히고
이야기 길 넘어가면 정이 쌓인다

진달래꽃이 피는 아름다운 약수터
석간수 떨어지는 천연약수는
물 한 모금 마시고 힘을 얻는다

도덕산과 서독산 눈인사 나누면
반가움에 환한 미소 메아리 된다

동쪽으로 관악산 남쪽에는 수리산
북쪽으로 북한산을 돌고 돌아서
서쪽 바다로 넘어가는 노을 본다

사계절 언제 보아도 정다운 산
머리 위로 구름은 흐르고
먼발치서 손짓하며 나를 부르네.

* 구름산 : 경기도 광명시 소하동에 있는 산.

막걸리

마셔본 사람만이 안다
그 깊은 맛과 풍미를

어떻게
말로 표현할 수 있나

빛깔은 초벌의 옥양목이지만
그 부드러움은 비단결이지

툭툭해서 질 팍한 대접에
손가락으로 휘휘 저어

한 번에 벌컥벌컥 들이키는 소리는
일품이며 일미다

여러 안주 필요 없고
별다른 잔은 따로 없지만

있는 그대로 생긴 그대로
격식도 품위도 차림은 없어도

술잔을 권하며 주고 나누는
오고 가는 이야기도 안주가 되니

인생 곳간
배부르면 만족이다

홍어는 톡 쏘는 맛에 안주로 으뜸이고
김치에 돼지고기쌈은 감칠맛으로 행복하니

쭉- 찢어서
한 가닥 먹는 김치 그 맛에

사람 사는 냄새 그래서 좋고
세상인심 저절로 나온다

노랫가락 한 소절에
어깨춤이 덩실덩실 나오고

고단한 삶이거든
막걸리 한 사발이면 술술 넘어가지

먹어 본
사람만이 안다

막걸리에 술안주는
또 하나 인생살이 모둠이라는 걸.

봉숭아 아이

여름날 밤 문득
어린 시절
봉숭아 꽃잎 따서
손가락 물들이던
그때가 생각납니다

누나는 중지에 물들이고
나는 새끼손가락에
여동생은 인지에 물들었죠

봉숭아 꽃잎 떨어지면 슬퍼집니다
아빠가 그리워서 눈물 납니다
서쪽에 지는 달도 쓸쓸해 보이고
멍멍이도 잠이 든 깊어가는 밤
풀잎의 이슬이 은구슬 됩니다.

광명을 사랑해

하늘의 빛이 열리는 곳
행복의 무지개가 피었다

도덕산기슭에 산새가 울고
구름산 맑은 샘물 시원하구나

사계절 안양천에 철새 떼 나르면
자연과 사람이 함께 숨 쉰다

이웃사촌이 어울리는 활기찬 거리
정다운 사람들이 함께 사는 곳

언제나 따뜻한 정이 넘치고
사랑의 보금자리 웃음꽃 피우는

나의 사랑 광명이여!
태양처럼 영원한 빛이 되어라.

4

당신은 사랑입니다

어머니

내 생일 음력 7월 12일
한여름
숨 막히게 무더운 오후1시
초가집 어두컴컴한 방
낡은 천위에서 산고로 피범벅의
고통 끝에 태어난 나
노령으로 출산의 아픔이
얼마나 고통스러웠으면
방에 들어가실 때
또, 다시 밖의 세상을
볼 수 있을까?
하는 생각이 들었다니
지금도
그때의 광경을 떠올리면
참으로 형언할 수 없는
벅찬 감정이 가슴을 치는

위대하신 나의 어머니.

당신은 눈꽃송이

당신을 생각하며 노래합니다
당신을 사랑한다고
언제나 나에겐 당신뿐이죠
세찬 비바람이 불어오고
눈보라 몰아쳐도
난 당신만 있으면
두려움이 없어요
당신이 내 곁에 있으면
파란 하늘, 초록 바다이니
난 얼마나
신 나는지 모릅니다
당신의 따뜻한 미소는
내 마음에 평화가 오고
당신의 다정한 목소리는
내 가슴에 사랑의 메아리 되어
행복의 무지개 되었지요
당신 눈빛은 눈꽃송이
내 은銀세계 인생의 동반자이니
이 세상에서 영원히 으뜸입니다.

마음의 행복

행복은 눈물이었다
죽을 만큼 아픔 뒤에
찾아온 눈물이었다

따스한 가슴에
별이 되어 살며시 다가온 사랑

온 힘을 다한 뒤
찾아오는 영롱한 보석이다

수많은 별이
소망을 바라는 사람의 것이 듯
행복도 아픔과 미움을 이겨낸 사람의 것이다

행복은
웃음 뒤에 땀과 눈물이
녹아있는 고소한 깨소금이다.

이별은 희망

낙엽은
지고 싶어서
지는 것이 아니라
다시 만난 날을
기약하기 위해서 지는 것이다

이별이
서러워서 눈물을
흘리는 것이 아니라
행복하게 잘 살기 위해서
미래에 저축하는 것이다

때가 되면
서리가 내리고 하얀 눈이 오듯
인생에서
어찌 눈물 없는 삶이 있으랴
따가운 햇볕이
있어야 풍성한 열매를 맺듯이
눈물 없는 성공이란 있을 수 없다.

눈물

난 요즘 눈물이 많아졌다
슬퍼서 흐르는 것이 아니라
그저 까닭 없이 눈물이 흐른다

세월의 흔적으로
모든 것들이 쓸쓸해 보이고
어느 때는 휑한 마음에
나도 모르게 서글퍼진다

고목은 삶이
길수록 예술 작품인데
사람은 삶이 길어도 석양의 노을처럼

어느덧 다
타들어 가는
희미한 촛불이 되었나 하는 생각에
나도 모르게 저절로 눈물 되어 흐른다

슬퍼서 눈물이
나는 것도 서럽지만 세월의 흔적으로
나는 눈물이 더 서글퍼서 눈물이 나게 한다.

당신은 나의 사랑

1〉
내가 힘들어할 때
당신이 위로해 주고
당신이 아파할 때에
내가 함께 할래요
세상살이 험하다 해도
난 당신이 있으면 좋아요
행복은 우리의 거예요
사랑도 우리의 거예요
이 세상 다 준다 해도
난 언제나 당신의 사랑입니다

2〉
괴로움도 함께 나누면
행복의 웃음꽃 되고
험한 파도 밀려온대도
당신은 할 수 있어요
넘어지고 실패하여도
난 당신의 동반자이에요
희망도 우리의 거예요

미래도 우리의 거예요
이 세상 다 준다 해도
난 언제나 당신을 사랑합니다.

결혼식

억겁億劫으로
스쳐서 만난 인연입니다

잘 살아라~
행복하세요♪
축하합니다^^*

부모님의 간절한 소원과
축하객의 정담情談을 가슴에 새겨
우렁찬 함성에 꽃길을 따라
감미로운 음악에 맞추어
다정히 손잡고
두렵고 설레는 미지의 세계를 향해
카펫 길 걸어옵니다.

당신은 혼자가 아닙니다

당신은 혼자가 아닙니다
마음이 외롭고 슬플 때에도
너무 괴로워하지 마세요
누군가 마음으로 늘 함께 있으며
당신을 위하여 기도하고 있답니다
세상에서 가장 힘이 드는 게
외로움이라 말을 하지만
당신을 기억하는 모두는
울타리가 될 거예요
사랑하고 행복하다는 것은
언제나 옆에 있다는 거랍니다
당신의 그늘진 모습을 볼 때면
모두가 마음이 우울합니다
뜻하지 않는 이별이
모든 행복을 앗아갔지만
훌훌 털어버리고 일어나세요
봄볕이나 가을 햇살처럼
따스한 양지가 되어 드릴게요
이제는
외로워하거나 슬퍼하지 마세요
당신은 혼자가 아닙니다.

만두 만들기

빙 둘러앉자 만두를 만드는데
빠른 손놀림이 모두 예술이다

하얀 만두피에 만두소 채우고
요리조리 매만지면 뚝딱 만들어진다

난,
정성을 다해 모양을 내보지만
영 볼품이 없다

반달, 토끼, 우렁이, 왕만두
제각각으로 만든 작품을 보며

왁자지껄한 소리는
영락없는 시장판 그대로 다

만두 터지는 줄 알았는데
웃음보가 터지고

모두 하하 호호

이렇게 재밌을 줄이야!

보기 좋은 만두는 맛도 좋다지만
내 만두가 세상에서 제일 맛있다

후후 불면서 먹는, 맛있는 만두
내 배도 터지겠다.

봄볕

겨울 동안
둥그런 채*에
삼아* 놓은 모시 발

사월 양지 볕에 풀칠하려고
헝클어지지 않게 조심스럽게 손질한다

덮지도 메마르지도 뜨겁지 않은
풀 먹이기 좋은 봄볕

함지박의 콩 풀죽을
마당에 길게 늘어놓은 모시 발에

큰 솔*로 빗질하듯 손질하면
풀죽 먹고 질겨진 모시 발

늘어진 봄날만큼 햇살 타고
온종일 바람에 너울거린다

겨울부터 준비한 모시 발이

어머니 손끝에서 만들어진 옷감

봄볕처럼
따스한 마음이 담긴다.

---

* 채 : 생활 도구의 하나로 거친 곡식 가루나 액체를 거를 때 쓰는 물건.
* 삼다 : 가느다란 모시를 길게 잇는 작업.
* 큰 솔 : 소나무 가는 뿌리로 만든 생활 도구의 일종.

당신을 사랑해

어제도 불렀던 "사랑해"라는 말을
오늘도 불러본다
사랑한다는 말은
아무리 불러도 좋기만 하다
가슴 시리도록 하는 사랑은
늘 두근거리고
왜 그리 좋은지 모르겠네.
청순한 사랑은 이슬처럼 영롱한 거랬지
꿈같이 좋은 시절
떨어져서 살아야 하는 아픔은
아무도 모를 거야
이런 슬픔이 있는 나에게
당신을 사랑한다는 말은
부르면 부를수록 더 애잔한 마음이라오
이젠 다시 헤어져서는 안 돼
힘이 들어도 함께 사는 거야
당신을 사랑해
영원히 사랑해.

저 숲 속에는

저 숲 속에는 행복이 산다
새벽에 일어나 하루를 시작하고
아침의 희망이 살아 숨 쉰다

저 숲 속에는 이야기가 있다
아이들 재잘거리는 소리 들리고
사랑의 새싹이 자라나고 있다

저 숲 속에는 웃음꽃이 핀다
하루해 저물면 전등불 밑에서
오순도순 정다움이 피어난다

저 숲 속에는 사랑이 산다
저마다 무지개가 피어나는
사랑의 보금자리 아파트 숲이다.

행복 꽃

마음이 우울하고 화가 났을 때
꽃을 보아라!
언제나 웃고 있지 않니?
꽃들도 생명인데
어찌 슬픈 일이 없으랴!
그저
마음을 다독이며 웃고 있는 거지
인생살이
너무 슬프면 웃는 것처럼
괴롭고 힘든 일 참고 견디면
향기로운 행복의 꽃이 핀다.

지나간 뒤에 오는 것

바람이 지난 간 뒤
시원함을 느끼듯

소리가 지나간 자리엔
아름다운 선율이 남는다

사랑하는 사람이
곁에 없을 때 소중함을 배우고

철부지 시절은 시간이 지난 후
나는 자유로움을 느꼈다

아픔으로 건강의 소중함을 알았고
해가 지고 난 뒤 빛의 중요함을 얻었다

세상은 어제가 있음에
오늘과 내일로 이어지듯이

잘 살았다는 이야기 뒤에는
실패에서 오는 눈물이 만든
결정체였다는 깨달음이었다.

친구야 힘내자

어느 날 너를 만났을 때
얼굴에 근심이 가득했었지
지금 하는 일이 잘 안되어
너무 힘들다고 나에게 말했을 때
우린 술잔을 비우며 한동안 말이 없었지

친구야~

지금까지 인생을 뒤돌아보면
어디 쉬웠던 일이 있었던가?
매번 넘어지고 다시 일어난 일이
수없이 많고 많지 않았던가?
실패 없는 성공은 없듯이
시련 없이 자란 열매는 달지 않다네
인간의 세상살이도 다 그럴 거야
우리는 건강하고 든든한 가족이 있으니
그것이 큰 축복 아닌가?
하늘의 새들도 즐겁게 노래 부르며 속삭이고
들판의 꽃들도 아름다운 향기를 내지 않는가?

친구야~

새들처럼 그리고 꽃을 보며 힘을 내자!
언젠가는 너의 얼굴에 웃음꽃이 필거야
희망은
영원히 마르지 않는 행복의 샘이라네.

어제 같은 오늘

지금까지
잘 살아왔다면
오늘도 어제 같은
날이었으면 좋겠다

청춘이 항상
있는 것이 아니기에
나는 어제를 그리워한다

무엇하나 거칠 것
없는 젊은 시절은
꿈이 많은 무지개였다

가끔은
그때가 좋았다고 생각을 하면
아름다운 추억이 많았기 때문이다

어제 같은 오늘이
내일을 이어주는 정거장이라면
돌아오지 않은 모든 것은 소중한 일이다.

거북이

세월이 흐르니
모든 게 느려져
약이 떨어지는 시계처럼
천천히 움직인다

배터리도
오래 쓰면 닳아지듯
인생의 시계도 느려지는 거북이

거북이는
삼사백 년을 산다는데
사람은 백 년도 못되어 거북이 되니
인생의 흔적은 피할 수 없는 숙명인지

손발도 거북이 등처럼 갈라지고
늙으면 엉금엉금 기어서 가야 하는
또 하나의 거북이 인생이다.

동부* 콩

달걀 싸듯이 나란히
반듯하게 누웠다
몸짓도 키도
얼굴도 똑같은
일란성 여섯 쌍둥이
저희끼리 사이좋게
언제나 싱글벙글 이고
우애로 따지면 동부가 으뜸이다
잘 익은 동부 따서
처마 밑에 달아두고
못다 한 이야기를
밤새도록 줄줄이 엮어본다.

* 동부 : 알록달록한 모양의 콩의 일종.

갤러리에서

갤러리서 본 사진 한 장
까만 손등에 구부러진 손가락

그 삶이
얼마나 힘들었으면

저토록 심하게 망가졌는지
눈 뜨고 볼 수 없네

한평생
아들, 딸 키우고 가르치려다

뼈마디가 앙상하고 굽도록 일을 한 손
하얀 머리카락
이마엔 물결이 된 얼굴

구부정해져 가는 허리
지팡이에 의지하는 체 힘없이 걸어가는 모습

자녀의 짐을 다 지시고 사는

부모님 사랑이 가득 담긴 훈장이었지

고생조차 희망의 바람으로 위로하시며
저토록 몸이 상해가는 줄도 모르고

밤낮없이 일하며 살아온 날들
부모님은 자식을 위한 거룩한 생애였네

연어가 고향에서 최후의 삶을 마치듯
자녀를 위하여 사시다 돌아가셨다

돌이켜 생각해보면 울컥해지고
미치도록 가슴 저미는 슬픈 삶

우리 가슴에 영원히 간직해야 할
어버이의 거룩하고 숭고한 그 은혜

천만 번
기억하고 감사한 마음

위대한
희생과 사랑

너와 나의 부모님
이 세상의 부모님.

어버이 날

오늘은 어버이날
일 년 중 가장 아름다운 계절

오늘따라 어버이 생각에
가슴이 아려옵니다

일찍 아버지 여의고
어머니 품에서 자란 긴 세월

어머니 마음 상하실까 봐
아버지 모습 희미하게 그려보고

어머니 세상 떠나신 지
한 해 두 해 지날 때마다

어머니의 모습도 머릿속에서
점점 잊혀가는 불효한 자식입니다

어느 때
물밀 듯 찾아오는 어머니 생각날 때면

조용히 그때
그 시절을 뒤돌아보며

내 인생에서 어머니와 함께 보낸 날이
가장 행복했음을 알았습니다

만남과 이별은 자연의 순리지만
가장 큰 슬픔은 어버이와 이별이며

가장 큰 사랑은
어버이의 사랑이기에 안 계신 빈자리는

하늘, 땅
바다보다 넓고 높습니다

자연을 좋아하셨기에
눈이 부시도록 오월의 아름다운 계절을 볼 때마다

나 홀로 바라보는 초록 세상의 황홀함이
주르륵 떨어지는 빗물처럼 눈시울로 젖어듭니다

복사꽃 살구꽃 들판의 꽃들이 만발하고
새들과 함께 노래 부르며

꽃밭 가득한 하늘나라에서 살고 계실
그리운 나의 아버지 어머니.

시간성과 삶의 궤적, 그 시적 진실

김송배(시인·한국문인협회 부이사장)

1. '세월의 흔적'과 삶의 궤적

현대시의 구도나 상황(situation) 설정을 살펴보면 대체로 그 시인의 불망(不忘)의 체험에서 창출한 이미지나 주제가 주류를 형성하는 작품들을 많이 대할 수가 있는데 이는 그 시인의 주관적인 인생관이나 가치관 등이 진솔한 정감으로 나타나기 때문이다.

이러한 시적 상황은 한 시인의 지적 정서가 명민(明敏)한 상상력과 합일하면서 하나의 인격으로 형상화하고 있어서 체험이 포괄하는 문제는 다양하게 소재와 주제 그리고 언어의 조탁(彫琢)에까지 많은 영향을 미치고 있음을 간과(看過)하지 못한다.

일찍이 영국의 문호 셰익스피어도 시인은 그의 예민(銳敏)하고 흥분된 눈망울을 하늘에서 땅으로, 다시 땅에서 하늘로 굴리며 그 상상은 미지의 사물의 형체를 구체화시키고 시인은 펜으로 그것들에 형태를 부여해 주며 또 형상 없는 것에 장소와 명칭을 부여한다고 말한 것을 보면 우리 시인들이 현실적인 예민이 바로 시인이 살아온 삶의 궤적(軌跡)과 '세월의 혼적'이 혼합된 시인의 절규라고 할 수 있을 것이다.

　여기 한영호 시인이 상재하는 첫 시집 『별빛은 강물 되어』의 원고를 읽으면서 이와 같은 시인의 체험을 먼저 담론으로 제시하는 것은 한영호 시인의 지금까지 살아온 체험의 순정성이 '세월의 혼적'으로 각인되어 있어서 그가 지향하고 탐색하려는 시적 진실이 바로 체험과 상관성을 갖는다는 점을 이해할 수 있을 것이다.

　　세월의 혼적으로
　　모든 것들이 쓸쓸해 보이고
　　어느 때는 횅한 마음에
　　나도 모르게 서글퍼진다

　　고목은 삶이
　　길수록 예술 작품인데
　　사람은 삶이 길어도 석양의 노을처럼

　　어느덧 다
　　타들어가는
　　희미한 촛불이 되었나하는 생각에

나도 모르게 저절로 눈물되어 흐른다
　　　　　　　　―「눈물」 중에서

　이 작품에서 이해할 수 있듯이 한영호 시인의 세월과 그 흔적은 어쩐지 '쓸쓸해 보이'거나 '서글퍼'지고 '눈물 되어 흐르'는 비감(悲感)의 이미지가 투영되고 있다. 우리 시학에서 체험론을 보면 직접과 간접체험으로 분류해서 설명하고 있는데 이 직접체험은 우리가 태어나서 지금 현 시점까지 살아온 일상을 재생하는 체험이다.

　그러나 미세한 부분의 체험은 여과(濾過)되고 좀 절실하거나 특수한 일들만 재생하기 때문에 '눈물'과 같은 이미지가 작품으로 승화하는 것이다. 이러한 실제의 경험이 바로 시적 진실로 현현되는 것이 아니라 '어느덧 / 타들어가는 촛불'로 변해 있는 삶의 형상이 바로 '나'라는 시적 화자(話者)로서 실재(實在)의 '나'로 변신하고 있음을 인식하는 주제로 적시(摘示)하고 있다.

　　마음이 우울하고 화가 났을 때
　　꽃을 보아라
　　언제나 웃고 있지 않니?
　　꽃들도 생명인데
　　어찌 슬픈 일이 없으랴
　　그저
　　마음을 다독이며 웃고 있는 거지

인생살이
너무 슬프면 웃는 것처럼
괴롭고 힘든 일 참고 견디면
향기로운 행복의 꽃이 핀다.
　　　　　　　—「행복꽃」 전문

　여기에서도 동일한 '인생살이'가 그의 주관적인 '슬픈 일'로 '행복의 꽃'으로 변하고 있다. 이 체험의 형상은 우리 인간의 칠정(七情-희로애락애오욕)에서 유발하는 경우가 많은데 이 중에서도 애(哀)에 해당하는 슬픔이 '눈물'로 형상화한 이미지임을 이해하게 한다.

　이러한 현상은 한영호 시인이 살아온 삶의 궤적에서 삶의 진정한 의미(인생의 의미)를 탐색하는 과정으로 '때가 되면 / 서리가 내리고 하얀 눈이 오듯 / 인생에서 / 어찌 눈물 없는 삶이 있으랴 / 따가운 햇볕이 / 있어야 풍성한 열매를 맺듯이 / 눈물 없는 성공이란 있을 수 없다(「이별은 희망」 중에서)'는 어조와 같이 눈물과 인생의 피치 못할 조화로 시적 진실을 탐구하고 있다.

　또한 그는 '지금까지 / 잘 살아왔다면 / 오늘도 어제 같은 / 날이었으면 좋겠다' 라거나 '어제 같은 오늘이 / 내일을 이어주는 정거장이라면 / 돌아오지 않은 모든 것은 소중한 일이다(이상 「어제 같은 오늘」 중에서)'라는 등의 어조(語調)는 한영호 시인이 갈망하는 시적 기원의 의지로서 삶에 대한 연민(憐憫)이 적나라(赤裸裸)하게 그의 시정신으로 나타나고 있음을 이해하게 한다.

2. '영원히 간직할 진실한 사랑'

한영호 시인은 다시 삶과 시간성에서 획득한 소중한 체험이 사랑으로 나타나고 있다. 이 사랑은 우리 인간이 구현하면서 살아가는 중요한 요소가 되기도 한다. 이와 같이 그의 사랑학은 진지하게 현현되고 있는 것이다.

일찍이 인도의 시인 타고르는 사랑이란 영혼의 궁극적인 진리라고 말했다. 그리고 우리의 청록파 박목월 시인도 '참으로 사랑은 그것을 위하여 우리의 모든 것을 포기하거나 연소시키는 맹목적인 것이 아니다. 인간이 인간으로서 주어진 사명을 다하고 우리들의 삶을 보람찬 것으로 이룩하기 위하여 그것(사랑)이 소중할 뿐이다'라는 언지로 사랑을 요약하고 있다.

그렇다면 한영호 시인이 여망하거나 추구하려는 사랑학의 내면은 어떤 것일까. 그가 우리 인간들이 최대한의 정점으로 설정하는 진실이 청순하고 순정적인 정감의 극치(極致)라는 점을 유념하게 된다.

어제도 불렀던 '사랑해'라는 말을
오늘도 불러본다
사랑한다는 말은
아무리 불러도 좋기만 하다
가슴 시리도록 하는 사랑은
늘 두근거리고
왜 그리 좋은지 모르겠네

청순한 사랑은 이슬처럼 영롱한 거랬지
꿈같이 좋은 시절
떨어져서 살아야 하는 아픔은 아무도 모를 거야
이런 슬픔이 있는 나에게
당신을 사랑한다는 말은
부르면 부를수록 더 애잔한 마음이라오
이제 다시 헤어져서는 안 돼
힘이 들어도 함께 사는 거야
당신을 사랑해
영원히 사랑해
　　　　　　　　　－「당신을 사랑해」 전문

　그는 이 작품에서 알 수 있는 바와 같이 '떨어져서 살아야 하는 아픔'이 있었기에 더욱 '애잔한 마음'이 '가슴 시리도록 하는 사랑'으로 명징(明澄)하게 분사(噴射)되고 있음을 이해하게 된다.

　그러나 여기에서 화자 '나'와 '당신'의 상관성은 한영호 시인 자신일 수도 있겠고 체험적 자아(自我)일 수도 있을 것이다. 이처럼 그가 사랑학의 근원에서 현실적인 생활(real life)과 적응하려는 그의 심적인 요동은 다음과 같이 요약할 수 있을 것이다.

－공원에 살포시 떨어진 단풍잎 / 제일 예쁜 잎 하나 주어 / 사랑하는 임에게 편
　지를 쓴다(「단풍잎 편지」 중에서)
－사랑의 편지에 향기를 담았어요(「러브레타」 중에서)

−누군가 내 옆에 있어서 행복하다면 / 그건 사랑이 있다는 거다…중략…외롭
다면 사랑을 하자 / 사랑의 온도는 태양보다 강렬한 것(「외롭다면 사랑을 하
자」 중에서)

−가을의 아름다움에 / 행복이 살찌우며 // 우리의 사랑도 / 빨간 사과가 되어
다(「가을의 사랑」 중에서)

−목련- 수줍은 너의 모습은 / 아름다운 사랑이야기 // 청순한 소녀 같은 너의
마음을 / 영원히 간직하고 싶어요(「목련·1」 중에서)

−어디든지 / 늘 향기로운 / 너의 작은 얼굴의 미소 속에 / 송이송이 피어난 / 너
의 마음은 / 연보라빛 사랑이어라(「라일락 꽃향기에 젖어」 중에서)

−추억을 가득 담은 / 사랑도 밀려 온다(「바다의 풍경」 중에서)

−내가 사랑했던 / 이별의 아픈 상처가 되살아나 / 마음이 울적해진다(「고요한
밤이면」 중에서)

−따스한 가슴에 / 별이 되어 살며시 다가온 사랑 // 온 힘을 다한 뒤 / 찾아오는
영롱한 보석이다(「마음의 행복」 중에서)

−이 세상 다 준다 해도 / 난 언제나 당신을 사랑합니다(「당신은 나의 사랑」 중
에서)

그렇다. 한영호 시인이 절규하듯이 분사하는 어조가 다분
히 관념적인 개인적 언술이 많은 점으로 보아서 애절한 심리
적인 융합(融合)의 이미지로 분화(分化)하고 있음을 읽을 수 있게
한다.

그는 '진실한 사랑은 / 변함없는 사진처럼 내 가슴 속에 /
영원히 간직할 진실한 사랑이 / 나는 좋다(「사랑은 진실」 중에서)'와
같이 사랑의 영원성을 강조하고 있다. 이것이 그의 시적 진실
이라고 할 수 있다.

이 시집의 표제시인 「별빛은 강물 되어」 그 일부분에서는

'사방이 고요한 밤하늘 / 무수히 쏟아지는 은하수들이 / 강이 되어 흐른다…중략… / 사랑하면 별빛도 / 더 아름답게 보인다 더니 / 오늘처럼 곱게 떠 있는 / 별들을 바라보면 // 어찌 미워했던 사람도 / 사랑하지 않을 수 있으랴…중략…/ 서로 어우러져 흐르는 / 저 별들처럼 / 희망의 고운 꿈을 꾸며 / 사랑하며 살자'라는 시법(詩法)으로 한영호 사랑학을 정리하고 있다.

이 밖에도 작품 「저 숲속에는」「당신은 혼자가 아닙니다」 「당신은 나의 사랑」「목련·2」 등에서 절절한 사랑의 노래는 이어지고 있다. 그러나 그는 '이제는 모두를 사랑하렵니다 / 아름다운 계절 장미꽃처럼 / 그대와 사랑을 나누고 싶소(「장미꽃 거리에서」 중에서)'와 같은 어조로 만유(萬有)의 사랑으로 그 진폭을 확대하고 있다.

3. '정읍사'의 고향과 향수 의식

한영호 시인의 의식에는 오매불망(寤寐不忘)의 향수가 잠재해 있다. 그는 '정읍사'의 고장 정읍시가 고향이다. 고시(古詩)에 호나라에 온 말은 언제나 북쪽 바람을 향해서 서고 월나라에서 온 새는 나무에 앉아도 남쪽으로 향한 가지를 골라서 앉는다(胡馬依北風 越鳥巢南枝)라는 것을 보면 우리 인간들에게는 향수(鄉愁) 의식을 배제하지 못하는 습성이 있다.

자다가도

고향 이야기만 나오면
벌떡 일어나는 나의 영혼이 담긴 곳

언제 들어도
좋기만 한 내 고향은 정읍입니다
　　　　　　　　ㅡ「고향」 중에서

　그는 이렇게 '고향'에 대한 집념이 의식의 흐름(stream of consciousness)에서 시적인 소재로 등장하고 어떤 이의 말처럼 한 번 고향을 가졌던 사람은 지울 수 없는 흔적이 남아 있어서 피를 따라 그것이 되살아 나오고 있는 것이다.

해지는 저녁이면
동구 밖 어귀로 나와
남편이 오시길 기다립니다
칭얼대는 아이를 안고
애타게 남편을 기다리는 마음
얼마쯤 지났을까
어스름한 어둠을 헤치고
저만치서 희미한 모습의
사랑하는 그이가 보이면
만남의 기쁨이 행복의 웃음이 되어
고요한 달빛에 어우러진다.

어기야 어강드리

아으 아롱디리

희미한 등불도 춤추며 맞이하네

―「정읍사」전문

이 작품「정읍사」는 '달하 노피곰 도다샤 / 어긔야 머리곰 비취오시라 / 어긔야 어강됴리 / 아으 다롱디리'로 시작하는 옛 가사를 현대식으로 번안(飜案)하여 그 효과를 극대화시키고 있어서 그의 향수는 더욱 절정에 이른다.

그는 '온갖 꽃들이 피기 시작하여 / 이곳저곳 화사한 꽃들로 / 온 동네가 무릉도원이다 // 봄 경치는 역시 남도가 으뜸이지 // 파란 보리며 유채꽃이 / 들판에 수를 놓으면 / 더 꾸밀게 없는 장관이다(「남도 가는 길」 중에서)'라거나 옛 시절, 이 자리 / 글 읽는 학동의 소리가 귓전에 맴돌고 / 발랄한 그 모습이 눈에 선하다(「동죽서원」 중에서)'는 등의 정황이 고향에 대한 그리움이 짙게 투영되어 있어서 공감의 영역을 확산하고 있다.

한영호 시인의 향수는 대체로 유년시절에 겪었던 체험이 이미지로 승화하고 있는데 다음과 같이 현현되고 있다.

어릴 때 꽁보리밥
무 된장국
어머니
"얘들아! 밥 먹어라"
하시면 우르르 몰려와
게눈 감추듯 한 그릇 비웠다

―「꽁보리밥」 중에서

왁자지껄한 소시장
사람과 소들로
눈물바다가 되었다
　　　　　　　―「소시장」 중에서

여름날 밤 문득
어린 시절
봉숭아 꽃잎 따서
손가락에 물들이던
그때가 생각납니다
　　　　　　　―「봉숭아 아이」 중에서

　보라. 한영호 시인의 뇌리(腦裏)에는 '어린 시절'의 추억들이
시적 상황으로 설정되고 있는데 '꽁보리밥'이나 '봉숭아 꽃'
물 그리고 '왁자지껄한 소시장' 등이 감미롭게 조응(調應)하고
있다.
　그는 이 밖에도 '보릿고개 시절 / 풋보리 구워 먹으며 / 숯
검댕이 된 얼굴 마주 보고 / 웃고 장난치던 시절이 좋았다(「보
리」 중에서)'는 등의 체험을 살리면서 '포근한 마음으로 감싸주는
곳 / 언제나 변함없는 나의 고향(「고향의 시계」 중에서)'을 시적으로
응시(凝視)하고 '갖가지 전설과 신비로운 이곳을 / 되돌아가는
발걸음 아쉬워서 // 오랫동안 / 기억 속에 남기고 싶다(「두승산」
중에서)'는 기원으로 향수를 음미하고 있다.

4. 친자연 서정시의 미학적 전개

한영호 시인은 친자연적인 순수 서정시인이다. 현대의 서정시는 대체로 그 시인의 주관적인 정서나 내적 세계를 지향하는 특성이 있다. 이는 객관 세계의 상황들은 모두 자아 속에 흡수하여 내면화하거나 주관과 객관 세계를 융합을 추구하게 된다.

또한 서정시는 그 시인의 세계와 삶의 단면적인 일면만 노출시키기 때문에 순간적인 이미지가 과거와 미래가 현재라는 시간 속에서 조화를 이루고 있다. 서정시는 단시(短詩)를 지향하면서도 그 음악성(운율)을 중시하는 것으로 나타나고 있다.

봄이 오는 소리
노란 옷 곱게 입고
살며시 내게로 오면
아침 안개 머금고
살포시 얼굴 내밀어
새싹과 함께 왔어요

봄소식 가득 담아서
나비와 친구 되어
살랑살랑 봄바람에
사랑과 꿈을 싣고
꽃이 되어 왔지요
　　　　　　　　　－「봄이 오는 소리」 전문

가을이 깊어가네

소리 없이 가는 가을

뒤돌아 볼 시간도 없이

어느덧 저만치 가고 있네

낙엽과 함께

가는 아쉬움을 지켜보니

내게 오는 쓸쓸함이

더욱더 가슴 아려오네

　　　　　─「가을의 사색」 전문

　이러하듯이 그가 응시하거나 내면에서 분사되는 친자연적인 상황들은 우선 계절적인 이미지가 돋보이는데 어쩌면 동심(童心)으로 돌아와서 고즈넉한 정경에 함몰(陷沒)된 듯한 정감을 놓칠 수가 없을 것이다.

　이렇게 '봄이 오는 소리'를 들으면서 '아침 안개'와 '봄바람' 그 사이로 '새싹'과 '나비'와 '꽃'이 화해하는 정서의 저변에는 한영호 시인이 탐색하는 서정적 자아의 근간(根幹)이 화창하게 빛나고 있는 것이다. 다음 '가을의 사색'에서도 '가을이 깊어가'는 소리에 '낙엽'은 '아쉬움'과 '쓸쓸함'을 주관적인 정서로 내면화하고 있다.

　이러한 서정성은 '보슬보슬 봄비가 옵니다 / 소리 없이 봄비가 옵니다…중략…온종일 쉬지 않고 내리는 비 / 옷자락을 촉촉이 적셔줍니다(「봄비」 중에서)'라거나 '길옆에 서 있는 / 코스모스 아름답다 / 살랑거리는 / 가을바람에 흔들리는 / 가느다란 허리로 / 춤을 추는 소녀여 / 언제 보아도 매력이 넘쳐 / 맑은 영혼을 가진 너는 / 하늘에서 내려온 선녀 같다(「코스모스」 전문)'는 등의 어조는 한영호 시인에게만 잠재한 시적 표현력이라고 할 수 있다.

이밖에도 친자연적인 소재와 표현은 작품 「도라지꽃」에서 '외로운 산골 홀로 살다가 / 하얀 별들 어둠 타고 내려오면 / 밤새도록 도라지꽃 친구가 되어 / 도란도란 사랑을 속삭입니다'라는 어조에서처럼 그가 구현하려는 순진성과 순박한 정서의 환기(換氣)를 읊조리고 있는 것이다.

그는 작품 「갈대가 있는 바닷가」에서는 시각적 이미지― '갈대가 있는 바닷가 / 새들이 모여들고 / 해지는 저녁노을 바라보니 / 하늘이 아름답다'―와 청각적 이미지― '걸대머리 하늘거리는 바닷가 / 쉼 없이 들려오는 파도소리'―를 다양하게 공감각적으로 조화를 이루는 절묘한 시법을 이해할 수 있게 한다.

또한 이러한 공감적 이미지의 활용은 작품 「달빛」「비갠 날 오후」「뻐꾹새」「메밀꽃」「봄바람」 등에서 그가 여망하거나 기원하는 자연감각이 진솔하게 현현되고 있어서 그가 평상심에서 발현하는 친자연성의 서정시가 더욱 광채를 발휘하게 되는 것이다.

한영호 시인의 서정적 자아의 절정은 작품 「내 마음의 봄」 중에서 '담장 밑의 / 새싹 따라와 슬그머니 오고 / 문틈으로 햇볕 들어오듯이 / 쫑긋이 귀 기울이며 온다 // 봄은 오감을 자극한 내 마음에 / 봄이 왔으면 좋겠네'라는 기원의식으로 대미(大尾)를 장식하고 있다.

이제 한영호 시인의 첫 시집 『별빛은 강물 되어』를 마무리하면서 그가 시적으로 탐색하고 구현하려던 내면의 진실은 바로 그가 지금까지 살아오면서 체험한 세월의 흔적이라는 시간성에서 획득한 삶의 궤적이 그의 인생뿐만 아니라, 시적 발상의 원류가 되었다는 점이 가장 중요한 진실로 부각된다.

그리고 그는 사랑에 대한 집념과 향수를 통한 자아의 원천(源泉)에서 발현된 친자연적 서정성은 바로 한영호 시미학의 궁극적인 시적 진실로 정립되고 있다는 사실에 공감하게 된다.

그러나 프랑스의 시인 보들레르의 말대로 기쁨이든 슬픔이든 시는 항상 그 자체 속에 이상(理想)을 좇는 신(神)과 성격을 갖고 있어서 우리의 일상성과 보편성에서 추구하는 진실이 주안점이 되어야 함을 유념해야 할 것이다. 시는 영원한 진리로 표현된 인생의 의미라는 시의 위의(威儀)나 본령(本領)이 확고하게 투영될 때 그 시는 더욱 생동감 넘치는 시인의 진실로 우뚝 서 있을 것이기 때문이다.

별빛은 강물 되어

초판인쇄 2013년 4월 25일
초판발행 2013년 4월 30일

지은이 | 한영호
펴낸이 | 서영애
펴낸곳 | 대양미디어
등록 | 2004년 11월 8일 제2-4058호
주소 | 서울시 중구 충무로5가 8-5 삼인빌딩 303호
전화 | 02-2276-0078
팩스 | 02-2267-7888
전자우편 | sdanbi@kornet.net

값 | 10,000원
ISBN 978-89-92290-61-6 03810

* 파본은 교환하여 드립니다.

이 도서의 국립중앙도서관 출판시도서목록(CIP)은 서지정보유통지원시스템 홈페이지
(http://seoji.nl.go.kr)와 국가자료공동목록시스템(http://www.nl.go.kr/kolisnet)에서
이용하실 수 있습니다.(CIP제어번호 : CIP2013004266)